NOTICE

sur

THOURET,

LUE

PAR M. DESSEAUX,

BATONNIER DE L'ORDRE DES AVOCATS A LA COUR DE ROUEN,

A L'OUVERTURE DES CONFÉRENCES,

LE 26 NOVEMBRE 1844.

ROUEN,

IMPRIMERIE DE L.-S LEFEVRE, RUE DES CARMES, 20.

—

1845.

NOTICE

sur

THOURET.

Mes chers confrères,

Déjà, une première fois, le titre de votre bâtonnier m'a valu l'honneur d'ouvrir ces conférences qu'une récente délibération de l'Ordre venait de rétablir. J'essayai alors de vous retracer les principaux avantages que le barreau devait retirer de ces réunions périodiques, dont l'utilité, après sept années d'expérience, n'a plus besoin d'être justifiée.

Depuis cette époque, ceux de nos confrères que vous avez investis de la présidence de l'Ordre, vous ont rappelé, chaque année, les devoirs de notre profession, et signalé les abus qui tendaient à altérer ces principes d'honneur et de probité que nous conserverons toujours comme la plus précieuse de nos traditions. Nous n'avons pas oublié ces sages conseils, ces utiles encouragements donnés à nos jeunes confrères dans une merveilleuse improvisation ; nous relirons aussi, avec un égal intérêt, et ce portrait si bien tracé de l'avocat du xix° siècle, comparé à l'avocat des siècles précédents, et ce parallèle si remarquable de l'ancienne et de la nouvelle magistrature.

Il était périlleux de s'engager dans une voie tant de fois et si habilement explorée. J'ai pris un sentier d'un accès plus facile : l'étude de la vie et des travaux de nos devanciers, est digne de nos méditations, car elle est féconde en utiles enseignements.

L'un de nos confrères (1) a rendu un brillant hommage à la mémoire du plus éminent des commentateurs de notre vieille Coutume; à côté du nom de Basnage, d'autres noms encore méritent de conserver une place dans nos annales.

Je viens aujourd'hui consacrer un souvenir à l'un

M° Lamory.

des derniers représentants de notre ancien barreau ;
à un jurisconsulte qui, en voyant s'élever le nouvel
édifice judiciaire sur les ruines de l'ancien, a pu dire :
» *Et quorum pars magna fui....* »

Thouret, l'un des membres les plus célèbres de
l'Assemblée Constituante, avait été avocat au Parlement
de Normandie. Il était fils d'un notaire de Pont
l'Evêque, qui, soigneux de cultiver ses heureuses dis-
positions, lui fit faire ses études à l'Université de Caen.

Au milieu de quelques faits qui révèlent son ardeur
pour l'étude, il en est un qui mérite d'être conservé ,
parce qu'il peut donner une idée de la trempe du
caractère de Thouret et expliquer, jusqu'à un certain
point, l'admiration qu'il professa, toute sa vie, pour
le Droit Romain.

Il avait formé avec un de ses camarades, fils d'un
professeur, le projet de concourir pour une chaire
vacante à la Faculté de Droit. Ils n'imaginèrent pas
de meilleur moyen de se préparer à soutenir la lutte,
que d'apprendre par cœur les trois volumes in-folio
des Pandectes de Pothier. Tous deux tombèrent ma-
lades : le fils du professeur succomba à la fatigue ;
et le jeune Thouret fut ramené chez son père dans un
état d'épuisement qui le condamna, pendant quelque temps, à un repos absolu.

Contre l'usage de ce temps là , il était fort jeune
lorsqu'il débuta au barreau ; il avait été reçu avocat
au bailliage de Pont-l'Evêque avant l'âge fixé par

les réglements, et il n'avait que dix-neuf ans lorsqu'il
y plaida sa première cause. Après l'audience, il fut
complimenté par le bailli, qui lui prédit que son talent l'appelait sur une scène plus vaste que celle de
ses débuts. Il fut, en effet, choisi bientôt pour plaider
une cause importante à Rouen, devant le Conseil
supérieur qui tenait la place du Parlement exilé.

Le succès qu'il obtint le détermina à se fixer dans la
capitale de la Normandie, où de nouveaux succès lui
acquirent en peu de temps, une nombreuse clientèle.

On cite, comme un de ses principaux triomphes,
la plaidoierie qu'il prononça pour Mᵉ Roger des Ifs.

Lors de l'exil du Parlement, les avocats s'étaient
divisés ; le plus grand nombre avait embrassé la cause
des magistrats exilés et s'était abstenu de plaider devant le Conseil supérieur; après le rappel du Parlement, en 1774, la majorité de l'Ordre retrancha de
la matricule les noms des avocats dissidents. Mᵉ Roger qui, pendant cinquante ans, avait occupé une place
éminente au Barreau, fut de ce nombre. Il déféra
au Parlement la délibération de ses confrères. Les
Magistrats qui, à leur audience de rentrée, avaient
manifesté toute leur sympathie pour les avocats fi-
dèles, étaient bien peu disposés à accueillir la récla-
mation d'un avocat félon ; aussi, celui-ci eut-il à subir
les lenteurs calculées d'une instruction de quatre années ; ce ne fut qu'en 1778 que la cause put être
plaidée. Thouret avait embrassé la défense de Mᵉ Ro-

ger ; il vint à l'audience accompagné de son véné-
rable confrère, fit un appel à l'impartialité du Parlement, parvint à électriser son auditoire, et ce fut
au milieu des larmes des uns et des applaudissements
des autres qu'il obtint la réintégration de son client
sur le tableau de l'Ordre.

Quoique des faits de ce genre supposent un grand
talent pour la plaidoierie, les opinions, cependant, ne
sont pas unanimes sur le mérite de Thouret comme
improvisateur.

Mouard (1), qui avait été avocat au Parlement, et
qui l'avait souvent entendu, prétend qu'il improvi-
sait avec facilité ; il cite même deux circonstances
dans lesquelles il aurait prononcé des plaidoieries
improvisées aussi remarquables que ses plaidoieries
les mieux préparées ; il ajoute que « *la prudence qui
formait le fonds de son caractère l'éloignait de parler
sans préparation et sans avoir eu le temps d'approfondir,
d'assurer ses idées dans le silence du cabinet.* »

Quelques autres opinions contemporaines qui sont
parvenues jusqu'à nous, doivent faire supposer, au
contraire, que Thouret était plus disert qu'orateur,
et qu'il se distinguait bien plus par la force de sa
dialectique que par l'entraînement de sa parole. C'est
aussi ce que l'on doit conclure du parallèle que fait

---

(1) Eloge historique de Thouret, lu dans la séance publique de la Société
libre d'Emulation, le 9 juin 1806.

Mouard lui-même de Thouret et de Ducastel, son émule au barreau.

« Thouret, dit-il, ne venait à l'audience qu'après avoir fait deux, et quelquefois jusqu'à quatre extraits pour sa plaidoierie. Après une exposition simpl , claire, précise, il traçait l'ordre de sa discussion, posait les questions, indiquait les propositions principales, les divisions, les subdivisions, et ce pla savamment, habilemen; préparé, il le suivait scru- puleusement, imperturbablement. Une logique exacte, rigoureuse; une dialectique serrée, lumineuse, des conséquences bien déduites, des arguments pressants, convincants, indissolubles, conduisaient irré- sistiblement au point qu'il s'était proposé. Il était d'autant plus sûr, plus maître de lui-même, de son ton, de son geste, qu'il ne disait que ce qu'il avait médité dans le silence du cabinet.

» Ducastel venait à l'audience avec un seul extrait; mais doué de l'imagination la plus vive, la plus fé- conde, facile à s'enflammer (quelquefois tout de feu), séduit par une idée que la chaleur de la discussion ou le choc de la contradiction faisait naître, il for- mait à l'instant un nouveau plan, un nouvel ordre de discussion et de moyens, s'abandonnant entière- ment à son génie, il devenait alors, je pourrais dire en quelque sorte, supérieur à lui-même.... »

Thouret se distingua au barreau par ses écrits

autant que par ses plaidoieries. Le plus remarquable des mémoires imprimés qui sont restés de lui est celui qu'il publia dans la cause de M. d'Auxais contre MM. de Boisjugan.

Il s'agissait d'une question qui , même depuis les lois nouvelles , a plus d'une fois occupé les tribunaux : il fallait décider si le créancier hypothécaire , qui paie de simples arrérages , obtient la plénitude de la subrogation aux droits du créancier foncier, et peut s'approprier l'immeuble au préjudice des autres créanciers. La cause, après un partage , avait été appointée au rapport de M. de Vatisménil. La matière des subrogations, qui est encore l'une des plus subtiles du droit, était, sous l'ancienne législation, à cause de l'obscurité des textes et de la divergence des opinions, vraiment inextricable. Thouret rédigea un mémoire qui contient un traité complet sur cette matière ardue; il y remonte à l'origine du droit, et le suit dans tous ses développements; il passe en revue la doctrine et la jurisprudence , et rattache à son opinion les plus hautes considérations d'intérêt général (1). Ce mémoire fit sensation : non seulement la doctrine qu'il développait pour combattre les prétentions du créancier hypothécaire à l'envoi en possession, fut consacrée définitivement par l'arrêt du

_____

(1) Mᵉ A. Daviel possède un exemplaire de ce précieux mémoire.

Parlement; mais, avant même que le Parlement eût statué, elle fut adoptée, soit par les juges, soit par les parties, dans plusieurs causes soumises aux bailliages du ressort.

Quoiqu'il eût plaidé avant 1774 devant le Conseil supérieur, Thouret ne figure sur les registres de notre Ordre, comme avocat au Parlement, que sous la date de l'année 1775; en tenant compte des deux années de stage, pendant lesquelles on était inscrit sur la petite feuille, il aurait été admis au barreau de Rouen en 1773. Alors, pour parvenir aux dignités de l'Ordre, il fallait être classé parmi les anciens; et, dans un Collége qui comptait près de deux cents avocats, ce titre ne s'acquérait qu'avec l'âge et après un long exercice de la profession (1).

Il n'en reçut pas moins, à diverses reprises, des marques non équivoques de la considération qu'il avait acquise dans son ordre. En 1787, il fut l'un des commissaires désignés pour obtenir du Parlement le redressement d'une mesure que les avocats considéraient comme contraire à leurs prérogatives. Au commencement de l'année suivante, il reçut un témoignage plus significatif de la sympathie de ses confrères, à l'occasion du rôle qu'il avait joué dans l'Assemblée Provinciale, et de l'envoi qu'il avait fait,

---

(1) Sur les matricules de 1782 à 1789, on voit figurer les noms de plus de cent Avocats avant celui de Thouret.

au Collège des avocats, du procès-verbal des séances
de cette assemblée; le syndic fut chargé de le remer-
cier au nom de l'Ordre...

*» De l'assurer, de la part du Collége, d'un retour
d'estime et d'amitié qu'il a si justement acquis par son
mérite et ses grands talents, dont il vient de faire un
usage utile et glorieux dans l'Assemblée patriotique dont il
est membre, et qui le rendront toujours cher au Corps et
à chacun de ses membres* (1). »

Pour compléter les souvenirs qui se rattachent à
la carrière qu'il a parcourue comme avocat, il faut
ajouter que cette haute estime qu'il avait conquise,
était due non pas seulement à son grand savoir, mais
encore à la pureté de ses mœurs et à ses vertus pri-
vées, ainsi qu'à sa loyauté et à son désintéressement
dans les affaires.

Avec la position qu'il occupait à Rouen, il était
impossible que Thouret restât étranger au mouvement
politique qui agitait tous les esprits. Depuis l'Assemblée Provinciale, dans laquelle il avait été élu pro-
cureur-syndic, il avait pris une part active aux délibé-
rations de l'Hôtel-de-Ville. Il fut, en 1788, chargé
par l'Ordre des avocats d'exprimer, dans un mémoire,
le vœu que les députés du Tiers-État fussent nommés
en nombre égal aux députés réunis du clergé et de la

1() **Registre de l'Ordre**, délibération du 17 janvier 1788.

noblesse. Il fut également le principal rédacteur des cahiers du Tiers-État, dont il soutint les opinions dans plusieurs brochures qu'il publia à cette époque. Aussi, en 1789, fut-il élu le premier et à l'unanimité pour représenter la Commune de Rouen aux États-Généraux. On sait qu'à peine réunis, les États se divisèrent par suite du refus que firent les Ordres privilégiés de vérifier les pouvoirs en commun. Thouret fut au nombre des commissaires choisis pour tenter une conciliation, que l'obstination de la noblesse rendit impossible. Bientôt le Tiers-État se constitua en Assemblée Nationale; bientôt eut lieu cette mémorable séance du Jeu de Paume, dans laquelle les députés prêtèrent le serment de ne pas se séparer sans avoir donné une Constitution à la France.

Dans cette grande Assemblée, où l'élite de la nation était réunie, Thouret ne tarda pas à occuper une place éminente, et à justifier ce que Mirabeau disait de lui à M. Defontenay, ancien maire de Rouen, « que dans l'Assemblée il n'y avait pas six personnes de sa force ».

A la séance du 3 août il fût porté à la présidence. Lorsque le résultat du scrutin fut proclamé, « *un murmure sourd s'éleva dans l'Assemblée, et plusieurs annoncèrent qu'ils avaient des accusations à porter contre M. Thouret.* »

Le Moniteur ne dit pas quelles étaient ces accusations; mais le rédacteur de l'article consacré à Thouret, dans la *Biographie Universelle* (1), prétend que le parti révolutionnaire l'accusait d'être vendu à la cour, et *qu'il fut si effrayé de ces attaques,* qu'il renonça à la présidence.

Sa détermination fut dictée par de plus nobles motifs : il comprit qu'au milieu des graves intérêts dont l'Assemblée s'occupait, tout débat d'intérêt personnel devait disparaître ; c'est aussi la pensée qu'il exprima avec autant de dignité que de convenance, en prenant la parole pour expliquer son refus (2).

On ne fut pas longtemps sans reconnaître que les soupçons que l'on avait conçus sur le patriotisme de Thouret n'étaient pas fondés.

Après avoir inscrit, en tête de la Constitution, la magnifique déclaration des droits de l'homme, l'Assemblée se divisa sur la permanence du pouvoir législatif, la nécessité de deux chambres, et principalement sur les effets de la sanction royale. Les partisans de la cour voulaient attribuer au Roi un droit

---

(1) *Biographie* Michaud , édition de 1820.

(2) Voici ses propres paroles : « *J'aurai encore assez de force en cet instant, je prendrai assez sur moi-même pour sacrifier, au majestueux intérêt de votre séance, des détails dont l'objet me serait personnel ; je sens bien que l'individu doit disparaître où les soins de la cause publique ont seuls le droit de se montrer et de dominer. Qu'il me soit permis de dire que je suis capable et digne de faire , à cette grande cause, tous les sacrifices à la fois , et que c'est à ce double titre que je viens vous demander de recevoir mes remercîments et ma démission.* »

de *veto* absolu sur les décrets du corps législatif;
Thouret se réunit à ceux qui combattirent cette motion
pour ne donner au Roi que le *veto* suspensif; il soutint en même temps la nécessité de la permanence
du Corps Législatif et de la concentration de ses
pouvoirs dans une seule assemblée. Le comité de
Constitution auquel il fut appelé, le compta au nombre de ses membres les plus actifs et les plus infati-
gables. C'est lui qui fut chargé du rapport sur la
nouvelle division territoriale de la France et son
organisation politique; travail immense, sans précé-
dent, substituant à la bigarrure de nos anciennes
divisions provinciales cette uniforme division du territoire, qui a définitivement constitué la grande unité
de la nation française.

Dans cette discussion, il fit entendre ces paroles
remarquables qui, plus que jamais aujourd'hui, doivent être rappelées :

« *Si nous mettions des intérêts provinciaux à la place*
de l'intérêt national, oserions-nous nous dire les représen-
tants de la nation? Serions-nous dignes de faire une Con-
stitution ?..... Rappelons-nous ce que nous disions sur les
mandats impératifs : il n'y a pas de représentants de
bailliages ou de provinces, il n'y a que des représentants
de la Nation. Nous devons nous réunir un grand tout
national (1). »

---

(1) Séance du 3 novembre, *Moniteur.*

La motion relative à la vente des biens ecclésiastiques souleva peu après de graves débats.

Dans les premiers siècles de l'Eglise, le clergé catholique avait donné, au milieu des persécutions, l'exemple de la pauvreté et de vertus héroïques. Devenu riche et puissant, il fut bientôt corrompu ; on le vit dès-lors occupé de dépouiller les familles plutôt que de les instruire, et les Empereurs furent obligés de décréter l'annulation de tous les legs faits par des femmes aux moines ou aux ecclésiastiques. Les Francs, convertis au christianisme, firent aux prêtres une large part dans la conquête des Gaules. Ceux qui veulent se faire un appui du clergé devraient bien méditer ce que Clovis disait de saint Martin : « *Qu'il ne servait pas mal ses amis, mais qu'il se faisait payer trop cher de ses peines.* » Les monastères qui, dans l'origine, avaient favorisé le défrichement des terres et la fondation des bourgades, étaient devenus des asiles ouverts plutôt au vice et à la paresse qu'à la vertu et à la piété. Abusant de l'ignorance et de la crédulité des peuples, le clergé faisait argent de tout, et ce n'est pas sans peine que les juges séculiers parvinrent à réprimer les empiétements de sa juridiction (1). Pour subvenir à un luxe peu en harmonie avec l'es-

(1) En 1409, il fallut un arrêt du Parlement pour autoriser les maris à passer avec leurs femmes les trois premières nuits de leurs noces, sans la permission de leur évêque.

prit de l'Évangile, tous les moyens étaient bons : de là ces fausses chartes, ces fausses légendes, ce trafic scandaleux des indulgences et des reliques ; toutes ces pieuses fourberies que le siècle dernier avait un peu discréditées, et que l'on cherche dans le nôtre à remettre en faveur, pour le plus grand bien, sinon de la religion, au moins

> « De ces francs charlatans, de ces dévots de place,
> De qui la sacrilége et trompeuse grimace
> Abuse impunément et se joue à son gré
> De ce qu'ont les mortels de plus saint et sacré... »

En 1789, le moment était venu où la Nation allait demander compte au clergé de ses immenses richesses. Ce fut un évêque, Talleyrand Périgord, qui, le premier, proposa d'aliéner les biens ecclésiastiques pour couvrir le déficit des finances. Le haut clergé et la noblesse combattirent vivement cette motion, qualifièrent d'homicide la suppression des corporations religieuses, et d'odieuse spoliation la dévolution de leurs biens à l'État. Thouret discuta la question au point de vue de la légalité : il démontra qu'il ne fallait pas confondre les individus qui ont des droits naturels et antérieurs à l'organisation sociale, avec les corporations qui tiennent tous leurs droits de la loi. Il ajouta que la loi pouvait les détruire quand elles devenaient inutiles ou dangereuses, et leur retirer le droit de posséder, qu'elle leur avait

antérieurement accordé. La distinction de Thouret,
fortement critiquée par l'abbé Maury qui la qualifiait
de subtilité, mais soutenue par la voix puissante de
Mirabeau, prévalut. Le 2 novembre, l'Assemblée
Nationale décréta que les biens du clergé apparte-
naient à la Nation.

Elle compléta peu après son œuvre, en ordon-
nant, sur un amendement de Thouret, la suppression définitive de tous les ordres religieux (1).

Ce fut surtout à l'occasion de la réorganisation du
pouvoir judiciaire que l'on put remarquer la haute
capacité de Thouret, et l'influence que ses opinions
exerçaient sur l'Assemblée.

Les Parlements qui s'étaient fait une arme, contre
le pouvoir royal, de la convocation des Etats-Géné-
raux, comprirent enfin que leur existence allait être
mise en question ; ils essayèrent, mais trop tard, de
prêter à la royauté l'appui de leur pouvoir chan-
celant. Ils manifestèrent hautement leurs répugnances
pour le décret qui constituait les nouvelles autorités
administratives. L'Assemblée Nationale prévint leurs
projets, et, sur la proposition d'Alexandre de Lameth,
elle prorogea leurs vacances. Thouret, en appuyant
cette motion, avait préconisé leur chute prochaine :
« *Comme corps, avait-il dit, à tous égards, l'Assemblée
du Corps Constituant a le droit de les détruire ; comme*

(1) 13 février 1790, *Moniteur.*

tribunaux vous ne pourrez les encadrer dans la Constitu-
tion que vous devez faire. »

Ce décret, quoique sanctionné par le Roi, n'avait
été enregistré par divers Parlements qu'avec des pro-
testations qui furent dénoncées à l'Assemblée Nationale, et qui la déterminèrent à hâter la réorganisation
du pouvoir judiciaire.

Thouret soumit à l'Assemblée le projet du Comité
de Constitution, qui était en grande partie son ouvrage. *Au milieu de marques fréquentes d'approbation,*
suivies de vifs applaudissements (1), il développa ce plan
si neuf et si simple à-la-fois, qui, sur les débris des
vieilles juridictions féodales, établissait une magistrature élective à tous les degrés, s'élevant, du tribunal de paix, avec des tribunaux de district et
d'appel, jusqu'à la Cour suprême de révision : organisation qui se reliait ainsi parfaitement à la nouvelle
division du territoire.

Le projet contenait de plus une institution que l'on
peut regretter de ne plus voir figurer dans notre système judiciaire : à côté du bureau de médiation du
juge-de-paix était placé un tribunal de famille, près
duquel devaient se pourvoir, avant de plaider en justice réglée, les époux entre eux, les enfants contre
leurs pères, les frères contre leurs frères, et les pu-
pilles contre leurs tuteurs.

_____

(1) Séance du 24 mars 1790, *Moniteur* du 5 avril.

Le 24 mars 1790, Thouret ouvrit la discussion par un discours admirable, dans lequel, signalant les abus nombreux que la vénalité et l'hérédité des charges de judicature avaient produits, la confusion qui régnait entre le pouvoir judiciaire et le pouvoir administratif, la multiplicité et les inconvénients des tribunaux privilégiés, il justifia la nécessité d'une réorganisation complète des corps judiciaires.

Ce fut lui qui supporta tout le fardeau de la discussion. Il soutint que l'établissement du jury devait être restreint aux matières criminelles, et combattit le plan que l'abbé Sieyès avait dressé pour l'étendre aux matières civiles.

Au risque de vous fatiguer par des citations trop multipliées, je ne puis résister au désir de vous faire connaître les hautes considérations qu'il développa à ce sujet, et ses prévisions sur l'avenir de la jurisprudence. » *Chez une grande Nation, reine par son sol, par les trésors de son activité et de son industrie ; chez une grande Nation où la civilisation multiplie les ressorts qui agitent tous les intérêts, il est impossible que la législation ne soit pas une véritable science, et qu'elle n'exige pas de longues et difficiles études. Ne croyons pas que, quand les lois seront simples, nous aurons une législation très-simplifiée ; nos dangereux commentaires, nos répertoires de jurisprudence, plus dangereux encore, existeront plus poudreux, mais existeront toujours, puisqu'ils auront laissé dans bien des têtes des moyens de chicane et de discorde*

» *Le plaideur cherchera long-temps dans son esprit les raisons astucieuses qu'il aura trouvées dans les livres, et ce n'est que quand l'instruction sera répandue, soit par tous les moyens que vous avez créés, soit par l'éducation nationale, qu'on verra disparaître les scandales judiciaires.*

» *Je conclus que l'état de notre civilisation et de nos mœurs ne permet point encore de jury en matière civile.* »

La partie du projet qui concernait les tribunaux d'appel fut notablement modifiée.

Dans le projet de Thouret, ces tribunaux ne devaient être composés que de trois juges sédentaires, chargés d'expédier les affaires sommaires, et auxquels devaient se réunir trois juges ambulants, composant de grandes assises, pour statuer sur les affaires plus importantes. Voici les réflexions qu'il présenta à l'appui de cette combinaison :

« .... *Les bons juges dépendent moins du nombre que de l'intégrité et de la capacité : plus il y a d'hommes, plus il y a de chances pour l'erreur. C'est le plus petit nombre qui a reçu de la nature les bonnes qualités nécessaires à un juge. Les autres, s'ils étaient dominés, seraient nuls ; s'ils contrariaient les bons juges, ils nuiraient à la justice....* »

Une lutte très-animée s'engagea entre les défenseurs de la prérogative royale, qui voulaient conférer aux officiers nommés par le Roi les fonctions d'accusateur public, et les partisans de la souveraineté nationale, qui prétendaient l'attribuer aux magistrats élus par le peuple; Thouret soutint cette dernière opinion et la fit prévaloir.

Les bornes de cette notice, déjà trop longue, ne me permettent pas de rappeler toutes les discussions importantes auxquelles il prit part; il faudrait retracer ici l'historique complet des travaux de l'Assemblée Constituante.

L'ardeur de Thouret ne se ralentit pas un seul instant, et dans les débats solennels que souleva la révision de la Constitution, on le vit, à la tête du comité, hâter, par l'énergie de sa parole et la fermeté de ses principes, l'accomplissement de la grande tâche que l'Assemblée Nationale s'était imposée.

Enfin, l'héroïque serment du Jeu de Paume était accompli. Nommé président de l'Assemblée pour la quatrième fois, Thouret reçut le serment que prêta Louis XVI, dans la séance du 12 septembre 1791, d'observer la Constitution. L'Assemblée Nationale fut dissoute : ses membres, contre l'opinion de Thouret, avaient décrété qu'aucun d'eux ne pourrait faire partie de la nouvelle Assemblée Législative. C'est alors qu'il fût nommé président du tribunal de cassation; et qu'il employa les loisirs que la magistrature lui laissait, à composer divers traités pour l'éducation de son fils. Le principal de ces écrits est le *Précis des Révolutions de la Monarchie française ;* c'est un tableau vrai des vices et des abus de notre

ancienne organisation politique. Il travaillait encore à
cet ouvrage à l'époque de sa mort, dont les causes
ont été diversement appréciées.

Menacé à l'extérieur par les coalitions étrangères,
et à l'intérieur par les insurrections sans cesse renais-
santes, le gouvernement républicain ne se soutenait
que par des mesures violentes, qu'explique sans les
justifier toutes, la crise qu'il avait à surmonter.

Le faible Louis XVI, condamné à mort par la
Convention, avait péri sur l'échafaud. Un membre
du tribunal de cassation proposa de députer vers
l'Assemblée, pour la complimenter sur ce jugement.
Thouret fit rejeter cette proposition; s'il employa
pour la combattre le dilemme un peu normand que
lui prête l'auteur de son éloge; s'il présenta la condamnation de Louis XVI comme un de ces faits dont
il fallait laisser l'éloge ou le blâme à la postérité,
on peut, avec raison, l'accuser d'avoir manqué de
franchise; sa conduite prouve assez qu'il n'approu-
vait pas cette condamnation; mais on ne doit pas
l'accuser de pusillanimité, car il fallait plus de courage pour faire écarter la proposition que pour la faire
adopter.

C'est là, sans doute, ce qui fit considérer Thouret
comme un partisan secret de la monarchie. Le bio-
graphe que j'ai déjà cité (1) adopte cette opinion, et

(1) *Biographie Universelle.* Art. Thouret.

il le blâme amèrement d'avoir été, à la tête de son corps, complimenter l'Assemblée Législative, et, plus tard, la Convention sur leurs travaux; il ajoute qu'il l'a entendu, dans la prison du Luxembourg, faire l'éloge du gouvernement républicain, et il qualifie tous ces faits de *bassesses* auxquelles Thouret avait recours pour sauver sa tête.

Pour mettre la pensée secrète d'un homme en opposition avec ses opinions déclarées, il faut des preuves. Ici on n'en produit aucune.

Thouret était un partisan modéré, mais ferme de la souveraineté nationale; il en a défendu le principe, il en a demandé la réalisation dans tous les discours qu'il a prononcés à l'Assemblée Constituante. A la séance du 28 mars 1791, il disait :

« *Dès que les Rois et les peuples croient que l'autorité royale n'est pas une émanation de la souveraineté nationale, mais un bien de famille qu'on tient de Dieu et de l'épée et qu'on se transmet patrimonialement; le fondement du despotisme est établi. Il faut donc déraciner cette erreur aussi dangereuse pour les Rois que pour les Nations.... »*

Non seulement il avait défendu le principe, mais il en avait admis toutes les conséquences; ce qu'il a écrit dans son *Précis des Révolutions*, sur le droit qui appartient à toute nation d'abolir la royauté, suffit pour justifier notre assertion. On a douté cependant que cette opinion fût la sienne, parce qu'il l'expri-

mait sous les verroux et avec la crainte de voir ses
papiers saisis ? Si cette crainte pouvait être assez forte
pour empêcher Thouret de dévoiler toute sa pensée,
elle ne pouvait l'être assez pour lui faire dire le contraire de sa pensée ; si l'on ajoute qu'il composait cet
écrit pour l'éducation de son fils, que quelques
jours avant sa mort, il lui en recommandait encore
la lecture, on sera convaincu qu'il y a exprimé
ses véritables opinions.

Un autre écrivain, le consciencieux auteur de l'*His-
toire du Parlement de Normandie* (1) , a tracé de Thouret
un portrait tout différent : il le représente comme un
violent révolutionnaire « *avide de réformes, désirant
avec ardeur l'abaissement des Parlements et de la noblesse,
l'exaltation des classes bourgeoises et commerçantes.... La
convocation des États-Généraux, dit-il, le fit tressaillir,
comme le premier instant de cette ère de réformation que
depuis long temps il appelait de tous ses vœux et préparait
par tant d'efforts.* »

Ces jugements qui se contredisent manquent également de vérité.

Thouret appartenait à cette grande majorité de
l'Assemblée Nationale qui, dans la Constitution de
1791 , avait cherché à allier l'élément monarchique
à l'élément démocratique ; qui voulait en un mot
donner pour base à la monarchie les institutions ré-

(1) T. 7 , pag. 464.

publicaines : pensée généreuse qui ne fut alors,
comme à une époque plus récente, qu'une illusion de
courte durée.

Atteint par la terrible loi des suspects, cet autre
système de complicité morale, il fut traduit devant
le tribunal révolutionnaire, avec Chapelier, d'Epré-
mesnil et Malesherbes, le défenseur de Louis XVI. A
l'accusation, alors banale, d'avoir conspiré contre la
République, on joignit l'imputation d'un complot
imaginaire, dans le but de faire ouvrir les prisons et
de massacrer les patriotes ; on y ajouta, à l'égard de
Thouret, des faits plus réels, mais qui démontraient
mieux encore l'impossibilité de justifier contre lui
une accusation capitale. On lui reprocha le courage
qu'il avait eu de s'offrir pour défendre Louis XVI,
lorsque d'autres s'effrayaient des dangers d'une pa-
reille défense. On s'attaqua enfin aux opinions qu'il
avait développées, et à l'influence qu'il avait exercée
au sein de l'Assemblée Constituante (1).

La défense était facile, mais elle était bien inu-
tile : alors, comme toujours, la justice politique ac-
complissait sa mission inexorable, et frappait sans
pitié tous ceux qui, innocents ou coupables, por-
taient ombrage au pouvoir dont elle était l'instrument.
Il fut condamné : avec le même sang froid, le même

---

(1) Procès-verbaux du tribunal révolutionnaire (*Collection* Leber.)

calme, la même dignité qu'il avait conservés en comparaissant devant ses juges, il subit sa condamnation le 3 floréal an II; il n'avait que quarante-huit ans.

Tel fut Thouret. Napoléon, juste appréciateur du vrai mérite, a acquitté envers lui la dette de la France, en faisant placer sa statue sous le péristyle du palais du Sénat-Conservateur. La ville de Rouen a aussi payé sa dette au député qui l'avait dignement représentée dans la première de nos Assemblées Nationales : elle a donné son nom à la rue qui a remplacé l'ancienne *Cour de Justice* qu'il avait habitée. Ce barreau, que Thouret a illustré par ses vertus autant que par ses talents, devait défendre sa mémoire contre des accusations injustes. Il me reste un regret à exprimer : c'est qu'un souvenir plus digne et de vous et de lui, n'ait pas été tracé par une main plus habile.